COLLECTION FOLIO

Sempé

Face à face

Denoël

Certains dessins de l'édition en grand format de *Face à face* de Sempé ne figurent pas dans cette présente édition à cause de l'impossibilité de les réduire.

– *Garde toujours ta lumineuse lucidité, Robert.*

– *On s'américanise de plus en plus…*

LOVE

LOVE

– *Et, en deux minutes trente-six secondes, je la faisais mienne et elle connaissait l'Amour…*

– Quand il se compare à Dieu, ça va encore ;
mais quand il se prend pour le Diable, là, je rigole...

– Quand je suis déprimé, les raisons pour lesquelles je suis déprimé sont profondes, essentielles, fondamentales. Il m'arrive d'être heureux, bien sûr. Mais les raisons pour lesquelles je suis heureux sont si futiles, si ténues, que ça me déprime.

– Quand je vais utiliser mon potentiel de joie, ça va faire du pétard !

*– C'est exactement comme nous :
nous n'acceptons plus de voir que des gens drôles…*

1

2

▶

3

4

5

6

7

8

9

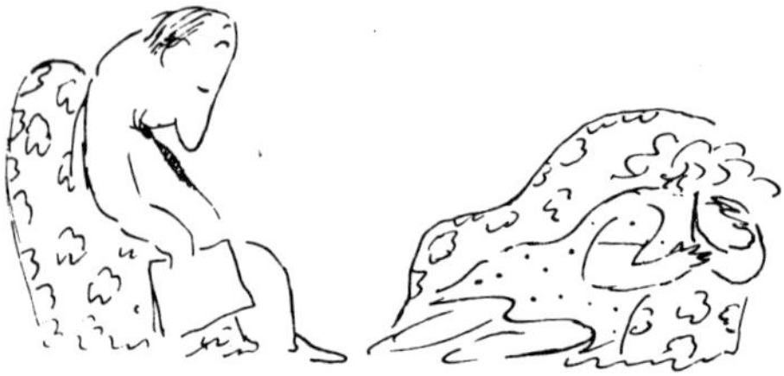

10

11

12

13

14

▶

15

16

17

18

▶

19

20

21

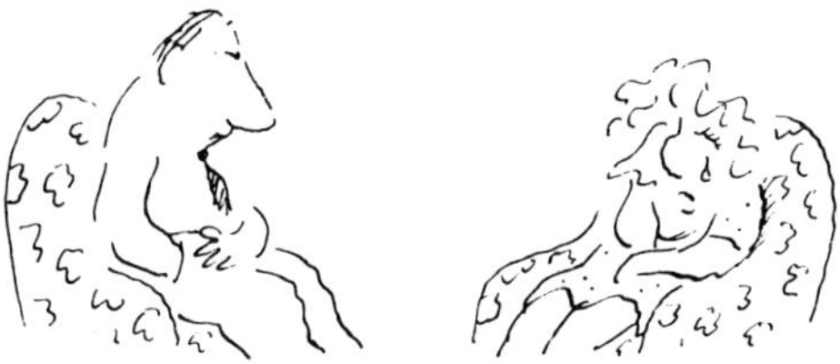

22

23

24

sempé

1

3

4

5 ▶

6

7

8

9

10

12

11

— *J'espère qu'il se montrera à la hauteur, car elle m'a laissé entendre qu'elle pense de plus en plus à divorcer…*

1

3

2

4

▶

5

7

6

8

▶

9

10

sempé

— On fait un grand pas dans la vie le jour où l'on comprend que l'important n'est pas d'être aimé, mais d'aimer ; ainsi moi, j'aime la blanquette de veau.

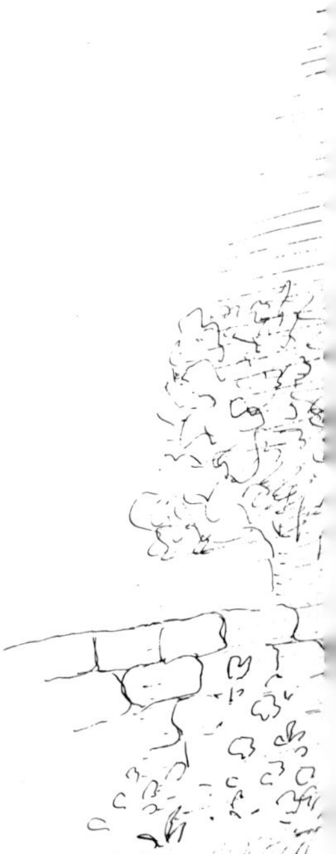

— On s'aime toujours soi-même, puisque, en amour, ce que l'on aime, c'est sa propre image, flatteuse, que l'autre vous renvoie de vous-même. Dans notre cas, n'était-ce pas demander l'impossible ?

1

2

3

4

5

6

▶

7

8

9

10

11

12 ▶

13

14

15

16

17

18

▶

19

20

21

22

23

– J'aime une autre femme.

1

2

3

4

5

6

▶

7

8

9

10

11

12

sempé

— *La culture… La culture… A un moment donné, je me suis dit : « Mais, vivons, que diable ! » Alors, j'ai fait un livre.*

– *C'est bon, mais il ne propose pas de solution.*

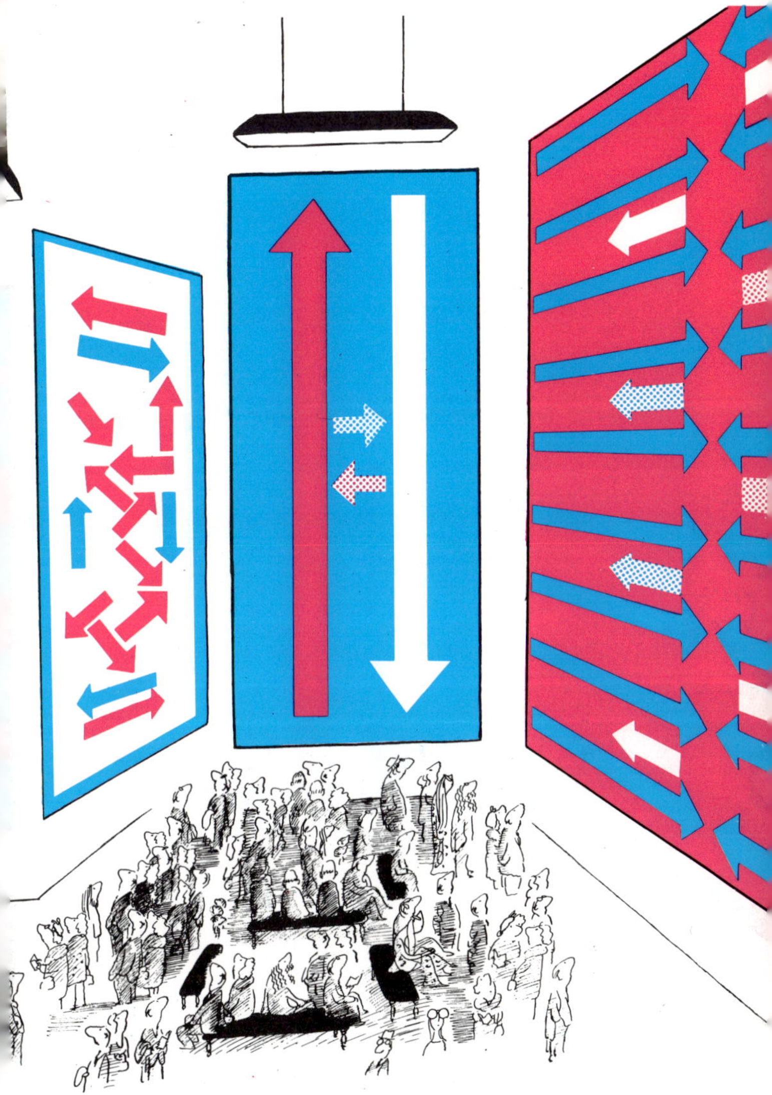

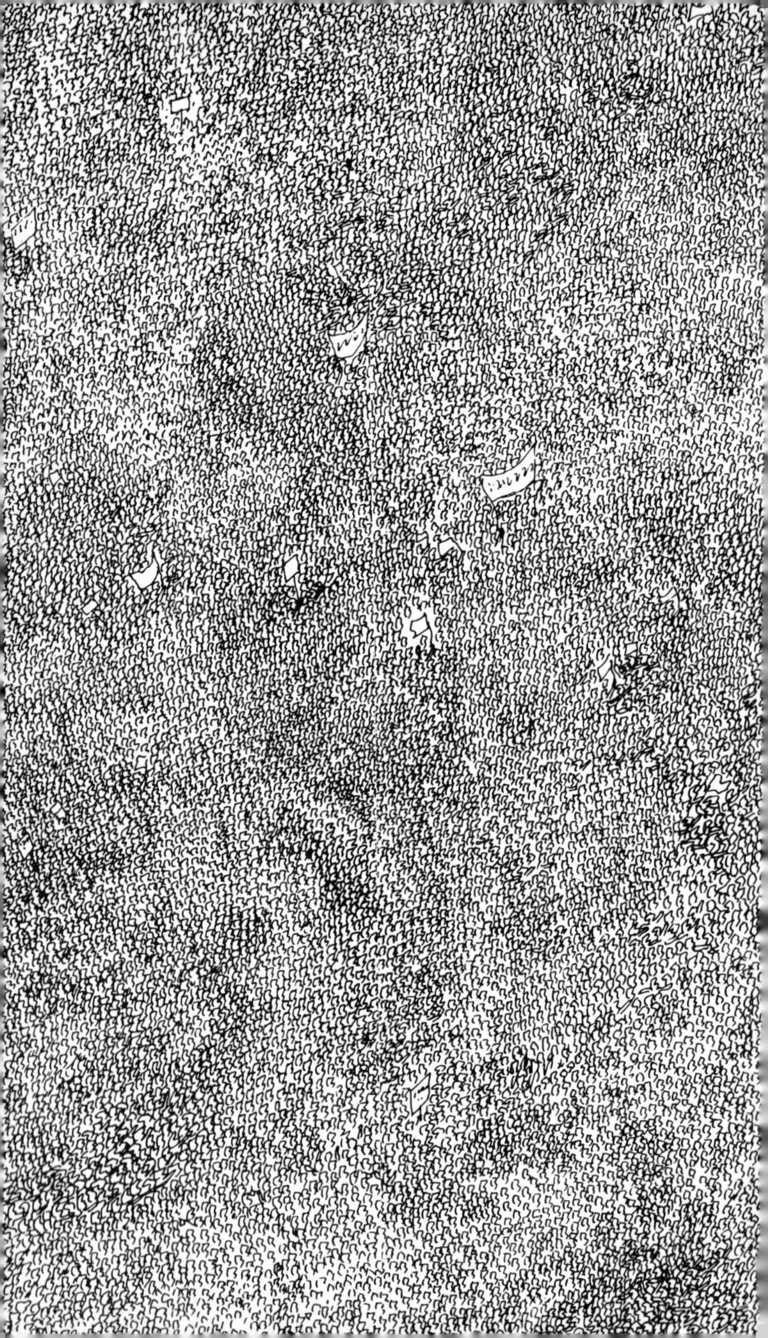

– Je ne sais pas comment leur expliquer que les micros ne marchent pas.
Sempé

– En fait, Rolande,
je ne suis qu'un immense
point d'interrogation…

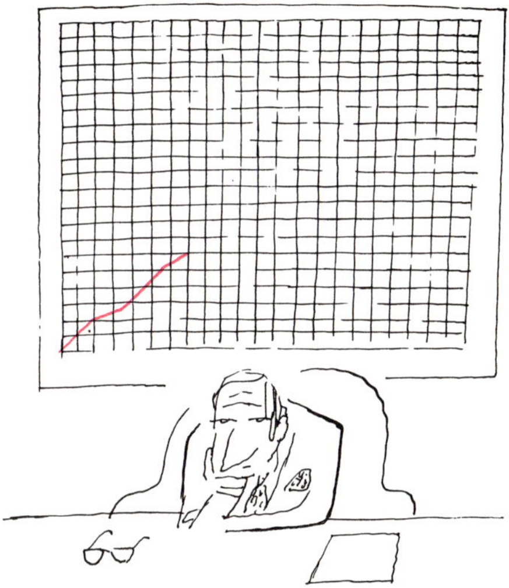

1

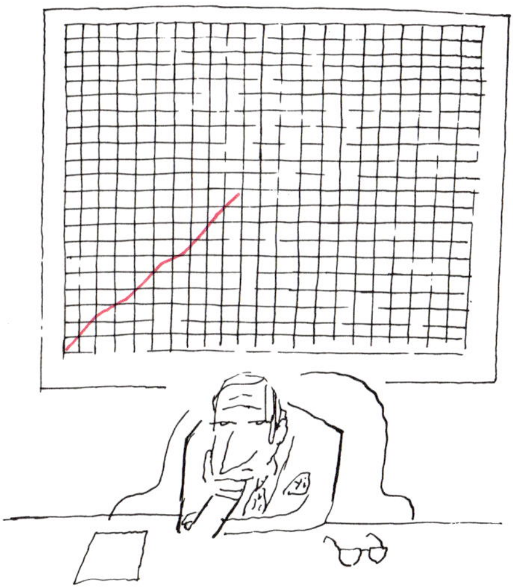

2

▶

3

4

5

6

▶

7

8

9

10

▶

11

12

13

14

▶

15

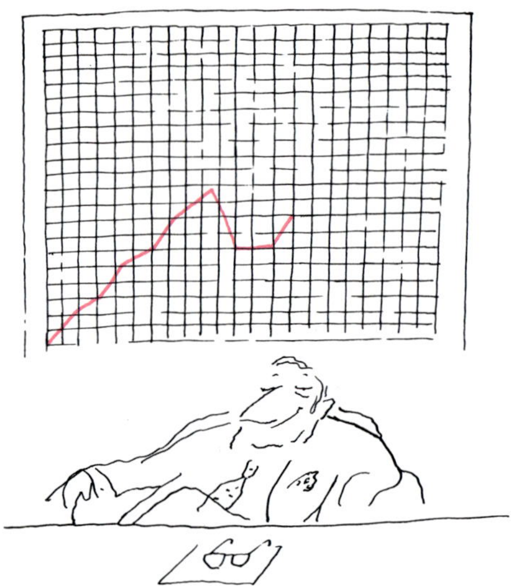

16

17

18

sempé

– Je bavarde, je bavarde, mais j'ai mon ménage à faire…

REVUE
NUE
NUE
LIDO
ROLAND
ZIZI

— J'engage le premier qui fait disparaître l'autre.

1

2

3

4

Sempé

1

2

3

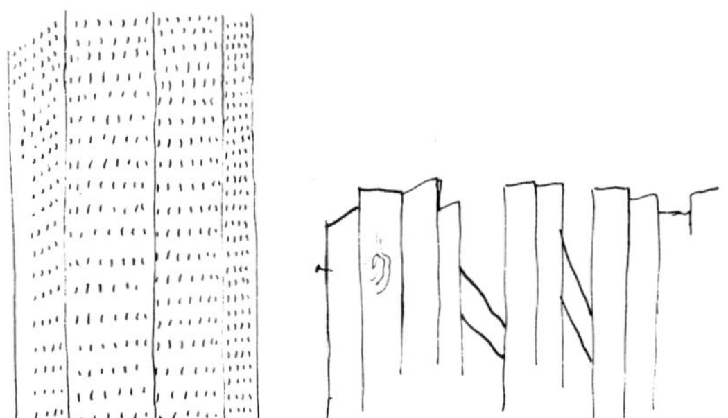

4 ▶

5

6

7

— Je me pose beaucoup de questions au sujet de cet instinct, qui vient sûrement de la nuit des temps, qui fait que lorsque je commande un plat au restaurant, j'ai toujours peur qu'on l'apporte à un autre.

– Ce n'est pas de réaliser que je suis un salaud qui m'inquiète, c'est le fait qu'il y en a beaucoup…

– J'ai, au moins, l'impression
de faire quelque chose…

– Il paraît que lorsqu'on va mourir, on revoit toute sa vie en une minute. C'est cette minute que je redoute…

– Moi, je suis entré dans les ordres pour échapper à l'uniformisation de notre monde contemporain.

– En 68, j'ai fait 122e, Bernier 121e.
En 69, j'ai fait 121e, Bernier 120e.
En 70, j'étais 120e, Bernier 119e.
Cette année, je vais faire un boum :
Bernier est malade.

— Nous nous sommes affolés un peu vite.
Il n'a plus l'air de couler.

1

2

3

4

▶

5

6

7

8

▶

9

10

11

12

13

14

15

16

17

 18 sempé

DU MÊME AUTEUR

Aux Éditions Denoël

LE PETIT NICOLAS (cinq volumes), en collaboration avec René Goscinny, *1960*

RIEN N'EST SIMPLE, *1962*

TOUT SE COMPLIQUE, *1963*

SAUVE QUI PEUT, *1964*

MONSIEUR LAMBERT, *1965*

LA GRANDE PANIQUE, *1966*

SAINT-TROPEZ, *1968*

INFORMATION-CONSOMMATION, *1968*

MARCELLIN CAILLOU, *1969*

DES HAUTS ET DES BAS, *1970*

FACE À FACE, *1972*

BONJOUR, BONSOIR, *1974*

L'ASCENSION SOCIALE DE MONSIEUR LAMBERT, *1975*

SIMPLE QUESTION D'ÉQUILIBRE, *1977*

UN LÉGER DÉCALAGE, *1977*

LES MUSICIENS, *1979*

COMME PAR HASARD, *1981*

DE BON MATIN, *1983*

VAGUEMENT COMPÉTITIF, *1985*

LUXE, CALME ET VOLUPTÉ, *1987*

CATHERINE CERTITUDE, en collaboration avec Patrick Modiano, *1988*

Impression Tardy Quercy S.A. à Bourges (Cher)
le 4 mai 1989
Dépôt légal : mai 1989
Numéro d'imprimeur : 15157

ISBN 2-07-038144-7 - Imprimé en France
Précédemment publié par les Éditions Denoël
ISBN 2-207-21805-8.

46278